당신의 생각은 어떤가요

당신의 생각은 어떤가요

초 판 1 쇄   2024년 2월 23일
지 은 이   임지연
일 러 스 트   이제인
펴 낸 곳   하모니북

출 판 등 록   2018년 5월 2일 제 2018-0000-68호
이 메 일   harmony.book1@gmail.com
팩   스   02-2671-5662

979-11-6747-154-3 03810
ⓒ 임지연, 이제인, 2024, Printed in Korea

책값은 뒤표지에 있습니다.

이 도서의 국립중앙도서관 출판예정도서목록(CIP)은 서지정보유통지원시스템 홈페이지(http://seoji.nl.go.kr)와 국가자료공동목록시스템(http://www.nl.go.kr/kolisnet)에서 이용하실 수 있습니다.

당신의 생각은 어떤가요

글·임지연 그림·이제인

harmonybook

따뜻한 오후입니다

당신과 차 한잔 마시고 싶은 오후 말입니다

당신과 장난치고 싶은 오후입니다

세상 근심 걱정 모두 내려놓고 말입니다

당신은 어떤 오후를 맞이하고 계신가요?

무거운 짐을 모두 내려놓고 어디론가 떠나고

계신 건 아닌가요

상처가 아물지 않아 아직도 아파하고 계신 건 아닌가요

남한테 말하지 못하는 무거운 짐이라도

짊어지고 계신 건 아닌가요

다 털어버리고 나한테 말을 걸어보세요

나한테 말을 걸어본 적 없다고요?

조금은 낯설다고요?

당장 나에게 말을 걸어보세요

보이지 않았던 것이 보일 거예요

내가 얼마나 따뜻한 사람인지, 내가 얼마나 예쁜 사람인지,

나한테 보이지 않았던 것들이 보이기 시작할 거예요

내가 소중하게 보이기 시작할 거예요

지금부터 자기를 사랑하는 법을 배우세요

자기를 사랑하지 않고는 남을 사랑할 수 없는 법이니까요

한가하게 나를 들여다볼 시간이 없다고요?

이 엄청난 경쟁 시대에 말이에요

배부른 소리 하신다고요?

나랑은 상관없는 것 같은가요?

그럴수록 나를 더 들여다봐야 해요

상처로 어딘가 곪아있진 않은지, 상처로 온몸에

스크래치가 나있는 건 아닌지,

참 잘했다고 이제 나를 응원해야 해요

굉장히 힘이 날 거예요

나한테 한 번도 응원해 본 적이 없었으니까요

남한테 칭찬해 봤지 나한테 칭찬해 본 적이 없었으니까요

이제 든든할 거예요

난생처음 나한테 칭찬을 받았으니까요

이제 날아올라봐요

새로운 세계가 보일 거예요

높이 비상하는 당신의 모습이 보일 거예요

내가 얼마나 괜찮은 사람인지,

좀처럼 찾아볼 수 없는 사람인지,

얼마나 매력적인 사람인지, 참 괜찮은 사람인지,

당신의 눈에 이제 이 모든 것들이 보이기 시작할 거예요

모든 것이 다 다르게 보일 거예요

자신감에 찬 당신의 모습이 보일 거예요

영향력 있는 당신의 모습이 보일 거예요

당신의 미래의 모습입니다

나의 미래의 모습이기도 합니다

우리 이제 힘내요

임지연 올림

차례

프롤로그 004

명품 014

나의 눈물 017

사랑을 한다는 건 018

가출 019

산수유 020

주님의 시선 022

넘치는 사랑 024

난청 025

자두 026

엄마 028

종소리 029

반지 030

손 032

나의 입술 033

여운 034

샴쌍둥이 036

오피스텔 037

파티 038

의사 040

몽땅 연필 041

왁스 042

쉬는 시간 043

산수 044

오! 빛이여 045

넌센스 046

당신의 입술 047

징조 049

의리 050

리스 051

주님의 솜씨 052

송아지 053

은빛 물결 055

산다는 건 056

죽는다는 건 057

나 058

당신과 나 059

저금통 060

상장 061

토끼 두 마리 062

완성 063

남쪽 나라 064

엄살 065

예쁜 원피스 066

얌체 067

동굴 068

나음 버스 070

단풍나무 071

반성문 072

다른 사람 073

청춘 074

사슴 075

푸른 바다 076

물방울 078

울고 있는 아이 079

암말 080

컬러 081

상징 083

점심 084

단비 085

양치질 086

산소 087

간판 088

나에게 돌아와라! 089

라이센스(license) 091

너에게 나는 092

호수 094

차례

챔피언 *096*

다음 기회 *097*

눈빛 *098*

같이 가요 *099*

이중창 *100*

동그라미 *101*

상상력 *103*

분홍 리본 *104*

들리시나요 *105*

산새소리 *106*

첫차 *107*

송사리 *108*

똥 *109*

양탄자 *110*

걸레 *111*

아름다운 눈 *112*

당신은 나를 사랑하시나요 *113*

거리 *114*

다툼 *115*

잠자리 *116*

강촌 *118*

어른 *119*

당첨 *120*

뜻 *121*

기린 *122*

오아시스 *123*

춤 *124*

어울리나요 *125*

돈 *126*

통통배 *127*

동산 *128*

세상 소리 *129*

태양 *130*

느낌 *131*

날파리 132

칭찬 133

눈 134

신혼 136

둘이서 138

아트란 139

천 140

농촌 142

처녀 143

커튼 144

징소리 146

점쟁이 147

단팥빵 148

쭈쭈바 149

노끈 150

찹쌀떡 151

하트 153

하모니 154

나이스 155

참의미 156

자아 157

타인 158

남으로 산다는 건 159

처음이자 마지막이란 160

상처 161

가시 162

배려 163

참 괜찮은 사람 164

성공한 인생 165

덤으로 얻은 인생 166

다음 인생 168

동물 169

착각 170

밍청이 171

차례

똑똑이 _172_

다시는 _173_

고라니 _174_

남이 된 너 _176_

단추 _178_

실망 _180_

자축 _181_

중증 _182_

탐심 _184_

답안지 _186_

도움 _188_

동심 _190_

조금만 천천히 _192_

닭 _193_

잘못 _194_

아주 먼 옛날 _195_

왜 우니? _196_

달콤한 인생 _198_

함정 _200_

두 다리 _202_

답답한 마음 _203_

멀쩡한 사람 _204_

다시는 만나고 싶지 않은 사람 _205_

밥상 _206_

기대고 싶은 사람 _207_

통통 튀는 사람 _208_

개구쟁이 _209_

절대 손해 보지 않는 사람 _210_

별이 빛나는 밤에 _211_

안단테 _212_

강가에서 _215_

붉은 노을 _216_

강아지풀 _219_

뭉게구름 _220_

떡볶이 222

오렌지 224

겉절이 225

꿈의 날개 226

초밥 228

퀀텀 리프 229

가을비 231

코코아 232

원기소 233

매미 소리 235

흑백 텔레비전 236

마이웨이 237

곤조 239

합격 통지서 240

천하 만민 242

뚝배기 사랑 244

방사선 245

엄마 사랑 246

뒷 모습 248

마이쮸 249

똥돼지 250

이기적인 사람 251

간사한 사람 252

명품

돈이 많아
온몸을
감쌌다고

명품이
되는 게
아니에요

남을 배려하는 마음이 명품이에요
남들이 보지 못하는 눈을 가진 게 명품이에요
정직한 입을 가진 게 명품이에요

대단한
직업을
가졌다고

명품이
되는 게
아니에요

나를 낮출 줄 아는 자가 명품이에요
남을 존중하는 게 명품이에요

넘치는
재능을
가졌다고

명품이
되는 게
아니에요

남을 비출 줄 아는 자가 명품이에요

나의 눈물

남들이 흘려보지
못한 눈물
흘려본 적
있나요?

보지 못했다고 단언하지 말아요
단 참았을 뿐이에요
단 참고 기다렸을 뿐이에요
단 퉁퉁거리지 않았을 뿐이에요
단 내 기분을 숨겼을 뿐이에요
이제 드러냈을 뿐이에요
좀처럼 가시지가 않네요
굉장히 아팠나 봐요

사랑만 해도 모자란 세상
우리 이러지 말아요

사랑을 한다는 건

진품이 되길
원하세요?

사랑하세요
남을 배려하세요
남들과 동등한 마음을 가지세요
빈틈을 숨기지 마세요
나한테 정직하세요
진품은 나에게 정직한 거예요
나한테 정직하지 못한 건 짝퉁이에요
엄청 대단한척하지 마세요
드러나지 않은 대단한 사람도 많으니까요

가출

진정

가출해

본 적 있나요?
나는 가출해 본 적 있어요
주님을 떠났으니까요

부모님
마음을
아프게

한 적 있나요?
난 집을 나갔으니까요
난 다른 복음에 빠졌으니까요

산수유

산수유를
본 적
있나요?

엄청
탐스럽고
예뻐요

약간 시큼하고요
애기 궁뎅이 같아요
장난꾸러기 같아요
너무 사랑스러워요

존경스럽기까지 해요
임지연이니까요

나를
사랑할 수
없는 자는

남을
절대
사랑할 수
없어요

주님의 시선

남들의
시선은
받지 못해도

주님의 시선은 받아야 돼요
넘치는 사랑을 받으니까요

남들한테
잘
보이려
하지 마세요
칭찬해
주시는
주님이
계시니까요

나한테

왜

그러냐고

주님께 불평하지 말아요

보상해 주시는 주님이 계시니까요

넘치는 사랑

삶 속에서
넘치는
사랑을

받아본 적
있나요?

닿을 수 없는 사랑말이에요
남편 사랑 그런 거 말고요
넘치는 주님의 사랑말이에요
보통 사랑과는 달라요
엄청 깊어서 닿을 수 없어요

난청

말씀하시는
주님의
음성이

들리지
않나요?

당신에겐 들리지 않나 봐요
좀처럼 들리지 않나 봐요

난청
이에요

당장
이비인후과로
가세요

자두

엄청
맛있는
자두를

먹어본 적
있나요?

나를 닮지 않았나요?
엄청 귀여운 게요
엄청 냄새도 좋은 게요

진정한

그리스도인은

좋은

냄새를

풍기는

사람이에요

엄마

청천벽력
같은 일을

만나본 적
있나요?

난 만나본 적 있어요
보통 충격이 아니었단 말이에요
이 세상에서 단 한 사람
엄마를 잃었거든요

이제
상상 속에서나

만나야
되겠네요

종소리

진짜
큰 종을
본 적 있나요?

든든하다고 생각해 본 적은 없나요?
주님이 나에게 그런 존재예요

이제
그분의

음성을
들어봐요

반지

반지
하나는

다 가지고
있죠?

결혼반지 말고요
녹슨 것도 상관없어요
굉장히 좋은 반지는
필요 없단 말이에요

나한텐
반지를
끼워 줄

주님이
필요해요
대단하신
주님이요

손

나한테
손을

내밀어
봐요

엄청 예쁜 반지를 끼워 줄게요
엄청 예쁠 거예요
진주보다 예쁠 거예요

주님을
위한
손이었으니까요

나의 입술

진실한 입술이 되게 하소서

칭찬받는 입술이 되게 하소서

좋은 점만 말하는 입술이 되게 하소서

도움이 되는 입술이 되게 하소서

여운

동를 무렵의
강을
본 적 있나요?

솜씨가 대단하다고
생각해 본 적은 없나요?
정말 아름답지 않나요?
눈이 호강하네요
처녀 볼이
불에 데인 것 같진 않나요?

사랑의
상징 같아요

샴쌍둥이

난
샴쌍둥이예요

섬세하고요
굉장히 예쁜 동생이 있어요
둘이 어울리지 않을 때가 많아요
난 굉장히 덜렁이거든요

정말
창조의 원리가
대단해 보이진 않나요?

오피스텔

나는
오피스텔에

살고
있어요

단둘이 살 수 있는 오피스텔이요
단둘이어야 해요

주님
한 분이면
충분해요

파티

엄청

큰 파티에

가본 적

있나요?

전날에 잠도 잘 자지 못하잖아요

엄청 흥분해서요

굉장히 흥분해서요

난생처음 본 파티거든요

나한텐 엄청난 감동이란 말이에요

난 이런 만찬 처음이에요

닿을 수 없는 주님이

초대한 파티란 말이에요

여긴

아무나

들어올 수

없는

파티예요

의사

정말
명의를

알고
있나요?

난 그런 분을 알고 있어요
솜씨가 대단하시거든요
못 고치시는 병이 없으시거든요

멈칫하지
말고

그분한테
나와보세요

몽땅 연필

남들처럼
크지
않다고

놀리지
마세요

낮아져야만 볼 수 있는 것들이 있어요
제발, 성급하게 판단하지 마세요
도움받을 때가 분명 있을 거예요

당신의 무거운 짐을

덜어 줄
때가
분명 있을 거예요

왁스

당신의 머리에 바르는
왁스 말이에요

굉장히 멋을 부린 거 같진 않나요?
나에게도 어울리나요?

당신의
마음을

그렇게
종종
들여다봐요

쉬는 시간

선생님이
쉬는 시간이라고
말씀하셨어요

충실했으니 주어진 시간이에요
나한테만 주어진 시간이에요

게으른
자는

절대
주어질 수
없는 시간이에요

산수

모든 사람들은
1 더하기 1을
2라고 해요

잠시
눈을 감고
세상을
바라보세요

어떻게 홍해를 가를 수 있었을까요?
어떻게 죽은 자가
다시 살아날 수 있었을까요?
이 엄청난 사실이 믿어지지 않나요?

전설이
아니란 말이에요

오! 빛이여

오! 빛이여
나에게 비추소서
단비를 내게 내려주소서
궁창 위의 빛을 내게 비춰주소서

넌센스

한 번쯤은
넌센스
문제를

푼 적 있죠?

눈치가 없으면 안 돼요
지혜도 필요해요
문제를 풀다 보면

당신의
창조물이
나올 거예요

당신의 입술

혹시
불평하는

입술은
아닌가요?

사랑하세요
당신의 입술이 변할 거예요

남에게
상처
입히는

입술은
아닌가요?

사랑하세요

남에게 존경받는 입술이 될 거예요

징조

너에게는
이 세상의
징조가
보이지 않나요?

하늘을 나는 새도 땅에 다니는 동물도
이 세상이 다 한 줄 아는데

창조물인 당신이 어찌해서
이 세상의 소식을

모를 수
있나요

의리

남자나 여자나
의리가
있어야
돼요

달면 삼키고 쓰면 내뱉는
그런 간사한 사람이면 안 돼요

나에게 언젠간
그
화살이
돌아와요

리스

리스를 천천히
칠해본 적
있나요?

진짜 조심해야 돼요
예쁜 원피스를 버릴 수도 있어요
나에게는 엄청 소중한 건데 말이에요

굉장히 입을 그렇게
조심해야 돼요
소중한 것을
잃어버릴 수
있으니까요

주님의 솜씨

눈을

들어보세요

온통 그분의 작품이잖아요

조물주가 처음부터 지금까지

내 곁에 계시는데

도대체 눈을 어디다

두고 계시는

건가요

송아지

혹시
울고 있는
송아지
한 마리를
못 보셨나요?
풀을
조금만
더
뜯어 먹으려다
주인을
잃어버리고
말았어요

조금 부족해도
우리
욕심부리지 말아요

은빛 물결

반짝이는
은빛 물결을
본 적 있나요?

실신할 정도로
아름답지 않나요?

혼자 보기
아까울 정도예요
이제,
우리 함께 해요

산다는 건

혼자 사는 세상이 아니기에
서로 도와야 해요
창조의 원리예요

그러니 제발,
남을 밟고
올라가지 마세요

죽는다는 건

깊은 잠을 자는 거뿐이에요
무서워하지 마세요

새로운
세상에서
다시 살아갈 테니까요

다음
세상에서
우리 다시 만나요

나

나를 진정 사랑하시나요?
그렇게 남을 사랑하세요

나는 항상 웃고 싶은가요?
그렇게 남을 웃게 해주세요

나는 항상 행복하고 싶은가요?
그렇게 남을 행복하게 해주세요

당신과 나

난 당신이 필요해요
창조의 원리대로
따를 뿐이에요

당신의
갈빗대로
날
빚으셨으니까요

저금통

난
엄청
부자예요
천국 열쇠를 받았거든요

감춰놔서 아무나 열 수 없어요

상장

좋은 성과를 얻어서
상장을 받아본 적 있나요?
주님을 위해 일하다
받은 상장은 얼마나 되나요?

목적이
주님이
되어야지

상이
되어선
안돼요

깜박하다
주님을
놓칠 수
있으니까요

토끼 두 마리

사이좋은
토끼 두 마리가 있었어요
더 좋은 세상으로
토끼 한 마리는
떠나가고 말았어요
다시는 볼 수 없는 곳으로요
더 잘해주지 못해서
엄청 후회하고 있어요

시간이 많이
남아 있진 않아요
후회하는 일은
이제, 우리 하지 말아요

완성

나에겐
완성되지 못한
그림 몇 점이 있어요

진정
해야 할 이유를
찾지 못했거든요

참의미를
찾으니
완성할 수 있었네요

남쪽 나라

남쪽 나라에
가고 싶진 않나요?
따뜻한 남쪽 나라말이에요
천국이라고
생각해 본 적은 없었나요?

진짜
천국이
있는데

그 말은
철수할게요

엄살

이제,

엄살 좀

그만 부려요

언제까지 어린아이 같을 거예요

당신에게선 어른의 모습이 보이지 않아요

주님께 부끄럽지도 않나요

예쁜 원피스

시장에서
예쁜
원피스 한 벌을
샀어요

나한테 엄청 어울리는 원피스예요
좀처럼 볼 수 없는 옷이에요
이 세상 옷도 이렇게 아름다운데
천국 옷은 얼마나 아름다울까요?

주님이 직접
입혀주시는
옷이니까
더할 나위 없이
좋을 거
같아요

얌체

누가
내 사과를
한 입 깨물었나요?
괜찮으니까 어서 말해요

당신의 행각이 드러날까 봐
다른 사람에게 상처 주지 말아요

동굴

산에 있는 동굴을 본 적 있나요?
나한텐 어렸을 때 은신처였어요
비를 피할 수 있었고요
나에겐 엄청 재미난 곳이었어요

피할 곳
예수님이
계시는데

이제
동굴은
필요 없겠죠?

다음 버스

그만, 버스를 놓치고 말았어요
종점까지 걸어 올라가 보세요
지금까지 눈치채지 못하셨나요?
늦었지만 더 좋은 자리가 많잖아요

천천히
가는 것도
나쁘지
않지 않나요?

단풍나무

단비를 머금은

단풍나무를 보신 적 있나요?

천사의 모습 같진 않나요?

진지하게 나무에게 말해본 적 있나요?

천사가

오늘 밤

당신에게

찾아갈 거예요

반성문

숙제를 해가지 않아서 반성문을 썼어요
나 때문에 전체가 다 혼났어요
다 나 때문이에요

단
한 사람인
나 때문에
다른 사람에게
피해를 주어선
안되겠죠?

다른 사람

나와 다르다고 다른 사람을
경계하지 말아요
너와 나를 만드신 분은
하나님 한 분이시니까요

나와
다르다고
다른 사람을
경계하는 것은

하나님을
불쾌하게
만드는 거예요

청춘

누구나 청춘은
있었을 거예요
진짜
아름다웠을 때
말이에요

먼 나라 얘기가 된 지금은
더욱더 마음을 가꿔야 돼요

더
늦기 전에
마음을
가꾸세요

사슴

보통, 사슴 이름을
밤비라고 하죠?
밤비 말고 다른 이름은
어울리지 않나요?

동물도
이렇게
예쁜 이름을
지어주셨는데

천국에서
지어주실
나의 이름이
엄청 기대되네요

푸른 바다

나에게
푸른 바다는
무슨 의미가 있는 걸까요?
약속의 의미가 있어요
다음을 기약하는 약속이요

당신에게는
무슨 의미가 있나요?
당신도 나처럼
푸른 바다와 기약을 해봐요

분명, 좋은 일이 있을 거예요
굉장한 일이 나에게 일어난 것처럼
당신에게도 곧 일어날 거예요
오늘 밤 예수님이
당신을 찾아갈 거예요

물방울

작은 물방울을
본 적 있나요?

잠시
동심으로
돌아가 보세요

그걸 잡으려고 쫓아간 적 있죠?
엄마 손을 놓친 적은 없나요?
엄청 당황했을 거예요
나한테 오는 엄마가 보일 거예요
엄청 반가울 거예요

혹시
당신은 지금
예수님의 손을
놓치고 있는 건 아닌가요?

울고 있는 아이

부모님을 잃어버렸어요
굉장히 멀리 온 것 같아요
통 앞이 보이질 않네요
손을 잡아주는 부모님이
엄청 그립네요

당신의 손을
잡아주실
예수님이
필요하진
않나요?

암말

나에게 달려오는
커다란 암말이 보이시나요?
엄청 장엄한 광경이지 않나요?
곧 예수님이 당신 앞에
나타나실 거예요
이제 여유를
가질 시간이 없어요

이제,
다음이란 말은 없어요
정말
이 말 믿어야 돼요

컬러

다양한

컬러를 보면

무슨

생각이 드시나요?

나랑

어울리는 색도 있고

나랑

어울리지 않는 색도 있죠?

두 색을

이제 섞어봐요

너무

예쁜 색이

나오지 않나요?

너 나 할 것 없이

어울려야

예쁜 색을

내는 거예요

상징

온통 다 상징적이지 않나요?
너에게는 무엇이
상징적인 의미가 있나요?
나에게 당장 말해 주세요
나도 알고 싶어요

지금
살고 있는
이
세상은

다음
세상의
상징이니까요

점심

도시락을
싸가지 않은 적이
없었나요?

점심을
굶어본 적은
없나요?

굉장히
배가 고팠죠?

나에게는
하나님
말씀이

도시락이에요

단비

나에게
단비를 내려주소서
나에게 당장
단비를 내려주소서

나에게는
하나님 말씀이
달콤한
비와 같으니까요

양치질

양치질을
하루에
몇 번이나
하시나요?

점심 먹고
한 번
저녁 먹고
한 번인가요?

당신의 마음은
하루에
몇 번씩이나

그렇게
닦고 있나요?

산소

밤에
산소를 보면
놀라지 않나요?

귀신이
나올 것 같진
않나요?

전설의 고향에
나오는 귀신 말이에요

귀신은 진짜예요
전설이 아니에요

간판

남에게
보이는 간판이
엄청 중요하진 않나요?

나에게도 그런 적이 있었어요
너무나도 중요했죠
나의 전부였으니까요

간판을 떼고 나니
진짜가 보이네요
나의 전부인
예수님이
보이네요

나에게 돌아와라!

당신을 애타게 부르는
주님의 목소리가
들리지 않나요?

울고 계시는
주님의 모습이
보이지 않나요?

나무라지 않을 테니
이제는 돌아오라는
주님의 음성이
들리지 않나요?

시간이 얼마
남지 않았다는
주님의 음성이

들리지 않나요?

걱정 말고

주님께로

돌아가세요

라이센스(license)

라이센스는
나에게 엄청 중요하죠?
나를 말해주는 거니까요
명함 한 장이면 긴말 필요 없죠

여기서도
신분이 다양한 데
천국에서
신분이 다양한 건
당연한 거겠죠?

참

천차만별일 거예요

너에게 나는

너에게 나는 무엇인가요?
단지 무엇이 필요해서
나를 부르고 있는 건 아닌가요
무엇인가 부탁하려고
나를 부르고 있는 건 아닌가요

내가 전부가 될 순 없는 건가요?

예수님은
당신의 전부가
되길 원하십니다

지금
예수님의 이름을
불러보세요

나의

전부가

되어주실 거예요

호수

잔잔한 호수를 보신 적 있나요?
굉장히 잔잔해 보이죠?
거기에 돌을 한 번 던져보세요
잔잔한 호수가 사자로 변할 거예요

당신의 마음은 어떤가요?
발톱을 감추고 있다가
드러내고 있는 건 아닌가요?
평상시에는 그 사람의 모습을
잘 안다고 생각하지만
돌을 한 번 던져보세요

그때
보여지는
그 사람의
모습이

그 사람의
진짜예요

챔피언

챔피언의 모습은 어떤가요?
엄청 당당해 보이죠?
당신의 모습은 어떤가요?
혹시 상처로 기죽어 있진 않나요?
당장 죽고 싶은 심정은 아닌가요?
나에게는 챔피언이라는 말이
좀처럼 어울리는 것 같진 않나요?

당신도
굉장한
챔피언이 될 수 있어요
예수님께로
나아가면

나도 당당해질 수 있으니까요

다음 기회

당신에게 다음 기회가 주어진다면
무엇을 할 건가요?
백마 탄 왕자가 나타날 거라고
기대하는 건 아닌가요?
엄청 예쁜 여자가 나타날 거라고
기대하는 건 아닌가요?
절대 그런 일은 나타나지 않을 거예요

나에게
다음 기회가
주어진다면

당장
주님을
만나는 거예요
아주 일찍이요

눈빛

엄청난
따뜻한 눈빛을

받아본 적 있나요?

뚫어지게
바라보는 눈빛을

받아본 적 있나요?

너를 바라보는
주님의 눈빛이에요

나를 바라보는
주님의 눈빛이에요

같이 가요

엄청
좋은 곳으로
나랑 같이 가요

당신도 분명 좋아할 거예요
정말 잘 왔다고 생각할 거예요
나한테 고마워할 거예요

다 주님 덕분이에요
그분한테

고마워하세요

이중창

담벼락에서
들려오는
이중창의 소리를

들어본 적 있나요?

너무 아름다워서
눈물이 나요
당신에게도 한 번
들려주고 싶네요
여기서도 이렇게
아름다운데
천국 음악은
얼마나 아름다울까요?

아마 굉장할 거예요

동그라미

굉장히 어렸을 때
컴퍼스로
동그라미

그려본 적 있죠?

당신은
그 안에
무엇을
그려 넣을 건가요?

난
예수님을
그려 넣을 거예요

동그라미 안에는

나만의 예수님을

그려 넣을 거예요

나한테만 보여지는

예수님 말이에요

상상력

엄청 어렸을 때처럼 상상의 나래를 펴봐요
그리고 천국을 한 번 상상해 봐요
눈이 부실 정도로
아름다운 천국 말이에요
짐승과 뛰어노는 그곳 말이에요

난
엄청
귀여운 토끼랑
엄청
친하게 지낼 거예요

엄청

귀여운 토끼랑

춤도 출 거예요

분홍 리본

결혼식장에는 한 번쯤 다 가 보셨죠?
굉장히 귀여운 화동을 보신 적 있나요?
참 귀엽지 않나요?

분홍 리본을 하고 있네요
그 작은 리본이
나에게도 어울릴까요?

전혀
어울릴 거 같진
않네요

장성한 자는
장성한 자의 것이
어울리는 법이에요

들리시나요

당신은
나의 음성이 들리지 않나요?
나의 음성이 들리지 않는 건가요?
엄청 실망이네요

당신은
예수님의 음성이 들리지 않는 건가요?

나를 위해
십자가에
돌아가신

예수님의
음성이요

산새소리

산새소리를 들어본 적 있나요?

엄청
정겹다고
생각해 보신 적은 없나요?
나에게 종알거리는 거 같진 않나요?

당신에게 주님은

산새소리처럼
말씀하고
싶어 하십니다

첫차

첫차를 타보신 적 있죠?
첫차를 탔을 때의 기분은 어땠나요?
새벽에 타는 첫차의 느낌은 어떠셨나요?
처음이라는 것에 항상 설레진 않으셨나요?

예수님은 나에게
첫차와 같은 분이십니다
당신도 나와 같이

첫차를 타보시는 건 어떠신가요

송사리

한 번 천천히 송사리를 바라보세요
엄청 작다고 생각되진 않나요?
엄청 작아서 송사리 같다 하나 봐요

당신과 나는
마음이

송사리 같아선 안되겠죠?

똥

굉장히 더럽죠?
진짜 더럽죠?

당신과
나의 마음이

똥과 같아선 안되겠죠?

양탄자

엄청 큰 양탄자를 보신 적 있나요?
완전 큰 양탄자 말이에요

당신과
나의 마음이

양탄자 같아야겠죠?

걸레

당신은 하루 중에
걸레질을 몇 번이나 하시나요?

당신과 나는
이제 마음을 닦아야 해요

걸레질하듯 말이에요

아름다운 눈

진짜 아름다운 눈은
어떤 눈을 말하는 걸까요?

다른 사람들의 단점을
눈감아 주는 눈이에요

다른 사람들의 잘못을
눈감아 주는 눈이에요

당신은 어떤 눈을 가졌나요?

당신은 나를 사랑하시나요

당신은 나를 얼마나 사랑하시나요?

다른 사람보다 얼마나 더

나를 사랑하시나요?

당신 하나를 위해

예수님은

십자가에 못 박혀 돌아가셨습니다

오직 당신 하나만을 위해서....

거리

거리에 잠깐 앉아보세요
평상시에는 보이지 않았던
것들이 보일 거예요
같은 모양을 한 사람들이
한 사람도 보이지 않을 거예요
눈도 코도 입도
하나도 똑같은 사람이 없을 거예요

어떻게

하나도 똑같지 않게 만들 수 있을까요?

다툼

엄청 큰 다툼이 있었어요
더 큰 걸 얻기 위해서요
굉장히 큰 싸움이었어요
상상도 할 수 없을 정도예요
작은 것을 얻으려다 큰 걸 잃을 뻔했어요

당신에게 작은 것은 무엇이고
큰 것은 무엇인가요?
돈 몇 푼 때문에

당신의 전부인 예수님을 잃지 마세요

당신의 모든 걸 잃을 수 있으니까요

잠자리

들판의
잠자리를 보셨나요?

전깃줄에 앉아있는
잠자리를 보셨나요?

나의 운동화 위에 앉아있는
잠자리를 보셨나요?

주님이
당신에게
다가오시는 모습입니다

천천히 당신에게 주님은 다가오고 싶어 하십니다
당신의 마음을 이제, 천천히 예수님에게로 열어보세요
나에게 다가오시는 예수님이 보이실 거예요

천천히 다가오시는 예수님을요

강촌

당신은 강촌에 살고 싶은 적은 없으셨나요?
난 강촌에 살고 싶어요
걱정 근심 없는 그곳 말이에요
굉장히 따뜻한 그곳 말이에요
더할 나위 없이 좋은 그곳 말이에요
추위도 없는 그곳 말이에요

천국은 그런 곳이에요
당신에게 강촌은 어떤 곳인가요?

나에게는 강촌이

천국과 같은 곳이에요

어른

진정한 어른은 어떤 어른을 말하는 걸까요?

덩치만 크다고 어른이 되는 게 아니에요

남의 입장에서 바라볼 줄 아는 사람이 어른이에요

나의 것을 줄 줄 아는 사람이 어른이에요

남을 도울 줄 아는 자가 어른이에요

자기만 아는 자는 어린아이에요

진정한 어른은

남과 함께 하는 자예요

당신은 진정한 어른인가요?

당첨

당신은 당첨을 받아본 적 있나요?
다 합쳐서 몇 번이나 받아본 적 있나요?
난 좀처럼 당첨될 수 없는 곳에 당첨됐어요
다 합쳐도 날 따라올 수 없을 거예요
난 예수님한테 당첨됐으니까요

온 세상을
다 가지신 분한테 당첨됐으니

다 합쳐도 날 따라올 수 없겠죠?

뜻

뜻의 진정한 의미를 알고 계시나요?
당신을 향한 뜻 말이에요
당신을 향한 계획 말이에요
당신과 나를 향한 주님의 계획이 뜻이에요

당신과 나는 이제
그분의 뜻을
이뤄드려야 되지 않을까요?

창세 전에 계획된 뜻 말이에요

기린

동물원의 기린을 보셨나요?

엄청 목이 길죠?

진짜 길죠?

엄청 길어서 닿을 수 없을 것만 같아요

목이 엄청 긴 기린은

나에게 닿을 수 없는 예수님 같아요

닿을 수 없는 예수님이

동물원의 기린처럼 항상

당신이 볼 수 있는 곳에 계신답니다

오아시스

사막의 오아시스를 아시나요?
나에게 오아시스는 무엇일까요?
당신에게 오아시스는 무엇인가요?
돈인가요,
명예인가요?

나에게는 주님의 시원한 말씀이

사막의 오아시스예요

당신도 나처럼 사막의 오아시스를

마셔보는 건 어떨까요?

춤

캉캉춤을 아시나요?
나에게 다가오는 춤 말이에요
당신은 캉캉춤을 춰 보신 적이 있나요?
당신은 누구를 향해 다가가서
춤을 출 건가요?

난 예수님한테 다가가서

춤을 출 거예요

어울리나요

엄청 큰 옷을 입었을 때 나에게 어울리던가요?
아마 안 어울릴 거예요
다 자기에게 맞는 옷이 어울릴 거예요
나한테 꼭 맞는 재능이 있을 거예요
다른 사람을 흉내 내지 마세요
어울리지 않을 거예요

당신이 당신다울 때

가장 잘 어울리는 법이니까요

돈

당신에게 돈은 어떤 의미인가요
살아가기 위한 수단인가요
당신의 전부인가요
돈의 노예가 되는 순간

당신은 당신의 모든 걸 잃을 수 있어요

당신의 전부 말이에요

통통배

엄청 귀여운 통통배를 보셨나요?
엄청 큰 배가 그 옆에 있어요
어울리지 않는 두 배가 나란히 사이좋게 있네요
나랑 어울리지 않는다는 건 편견이에요
모든 사람들과 다 어울릴 수 있어요

엄청 큰 배와 엄청 작은 배가

어울리듯 말이에요

동산

동화 속 아름다운 동산을 보신 적 있나요?

탐스러운 온갖 과일과

졸졸 흐르는 시냇물과

붉은 저녁노을과

이름 모를 동물과

다 함께 서로 어우러지는 곳

천국의

동산 같은 곳 말이에요

세상 소리

당신은 온갖 세상 소리는 들으려 하면서
왜 주님의 음성은 들으려 하지 않는 건가요
왜 주님과 담을 쌓는 건가요
나에게 쉼 없이 말씀하시는 주님의 음성을
왜 듣지 않는 건가요
당신을 애타게 부르시는 주님의 음성을
왜 듣지 않으시려 하는 건가요

온갖 세상 소리는

들으려 하면서....

태양

태양은 엄청 뜨겁겠죠?
이글이글 타오른다 하잖아요
타 죽을 수도 있을 것만 같아요
당신을 사랑하는 주님의 사랑이에요

죽을 만큼 당신을 사랑하는

주님의 사랑이에요

느낌

사랑의 느낌을 받아본 적 있나요?
온통 다 내 세상 같잖아요
세상을 다 가진 것 같잖아요
예수님의 사랑을 받으면
정말 세상 전부를 얻는 거예요

주님은 세상 전부를

다 가지신 분이니까요

날파리

엄청 작은 날파리를 보신 적 있나요?
엄청 작아서 눈에도 보이지 않을 정도의
날파리 말이에요
잘못하다간 밟힐 수도 있을 거 같아요

주님 앞에 보여지는
당신과 나의 모습입니다
뛰어봐야 벼룩이라 하죠?

조그만 게

엄청 까불고 있네요

칭찬

엄청 큰 칭찬을 받았어요

장학금을 받았거든요

장학금은 전체에서 한 명만 받았어요

두근두근거렸어요

떨리기도 했어요

당신은 장학금을 몇 번이나 받아본 적 있나요?

나를 위해

돌아가신 예수님께

칭찬 한 번

받아보시는 건 어떨까요?

눈

완전 하얀 눈을 보신 적 있나요?
보통 하얀 눈 말고요
엄청 하얀 눈 말이에요
당신에게 눈은 어떤 의미인가요?
나에겐 소원의 의미가 있어요

신혼엔
꿈을 꾸잖아요
달콤한 꿈 말이에요
눈처럼 하얀 꿈 말이에요

당신의 소원을
엄청 하얀 눈에게 말해보세요
당신에게 알려지지 않은
엄청 하얀 세상을 하얀 눈은
당신에게 말해줄 거예요

신혼

신혼하면 당신은 무엇이 떠오르나요?
난 하얀 세상이 떠올라요
온통 하얀 세상 말이에요
온통 하얀 눈으로 덮인 온통 하얀 세상 말이에요

둘이서

둘이서 여행을 떠나요
당장 여행을 떠나요
진짜가 보일 거예요
떠나기 전에는 보이지 않았던 것들이
떠나고 나서야 보이는 것들이 있어요

둘이라는 소중함

이 순간만큼은 너밖에 없다는 거

나한텐 너밖에 없다는 거

아트란

당신에게 아트(art)란 무엇인가요?
나에게 아트는 신혼이에요
신혼엔 엄청난 상상을 하잖아요
아트는 굉장한 상상력이 필요해요

당신은
신혼에
얼마나
많은 상상을 하셨나요?

당신은 진정한 아티스트입니다

천

나에게 검은 천 한 조각이 있어요
검은 천 한 조각으로 무얼 할 거냐면요
작은 배를 만들 거예요
엄청 작은 배 말이에요

검은 배는 좀처럼 볼 수 없잖아요
세상에는 당연한 건 없어요
나한테는 모든 세상이 다 신기할 뿐이니까요

농촌

당신은 농촌에 가보신 적 있나요?

당신은 농촌 하면 무엇이 생각나나요?

다 알고 있는 돼지
송아지
닭
온갖 가축들이 떠오를 거예요
농촌 하면 난 신혼이 떠올라요
참 닮지 않았나요?
근심 걱정 없는 농촌 말이에요
신혼에는 아무 근심 걱정 없이 너무
평화롭잖아요

처녀

진짜 처녀는 누굴 말하는 걸까요?

결혼 여부와 상관없는 것 같아요
당신은 아줌마인가요, 처녀인가요?
처녀는 굉장한 감수성이 있어요

당신의 과거를 돌아보세요
어떠셨나요?
너무 멀리 와서 당신의
감수성을 도둑맞았나요?

처녀 때의
감수성을
다시 찾아보세요

당신은 처녀입니다

커튼

꽃 커튼을 보신 적 있나요?
꽃 하면 너무 아름답잖아요
나한텐 최소한 그래요

당신한테 꽃은 어떤가요?
아름답지 않은가요?
다른 표현은 할 수 없을 거 같아요
그 아름다운 꽃을 커튼에 달아봐요
커튼이 금세 아름다워질 거예요

꽃 하나로
커튼 전체가
아름다워지는 것처럼

당신에게
감춰져 있는

당신의 재능이

당신을
아름답게
빛내줄 거예요

징소리

징소리를 들어보신 적 있나요?
엄청 큰 징소리 말이에요
당신에겐 징소리가 어떻게 들리나요?
엄청 크게 들리나요,
엄청 작게 들리나요,
굉장히 작게 들리나요?

남 따라 하지 마세요

당신에게 들리는 대로 말하고

결정하세요

점쟁이

당신은 점을 보러 간 적 있나요?
복채를 얼마를 받던가요?
한 오만 원?
좀 깎아줬음 좋겠나요?

당신의 인생을 단돈 오만 원과 바꿀 생각인가요?

단팥빵

단팥빵은 다 먹어 봤죠?
단팥빵 안에 화이트 크림이 들어가 있는
단팥빵을 먹어보셨나요?
굉장히 획기적이라는 생각은 안 해보셨나요?
굉장히 획기적이죠?

당신은 단팥빵 안에 무엇을 넣고 싶은가요?
난
슈크림이 잔뜩 들어간
붕어빵처럼
단팥빵 속에
슈크림을
잔뜩 넣을 거예요
엄청 맛있을 거 같지 않나요?

쭈쭈바

엄청 어렸을 때
쭈쭈바 먹어 봤죠?

요즘 먹는 쭈쭈바는
어렸을 때 먹던
쭈쭈바 맛이랑은
다른 거 같아요

쭈쭈바가 변한 걸까요, 내가 변한 걸까요?
한 번쯤은 생각해 볼 만하지 않나요?

노끈

노끈을 보셨나요?

영정 사진을 노끈으로 묶는 걸 보셨나요?

마지막 가는 길 조심히라도 하는 듯

굉장히 천천히 묶죠?

살아있을 때

더욱더

조심히

살아야 할 거 같아요

찹쌀떡

엄청 맛있는
찹쌀떡을 먹어본 적 있나요?
굉장히 맛있어서
군침이 도는 찹쌀떡 말이에요

천만의 말씀이라고요?
난 맛이 없다고요?
난 찹쌀떡을 싫어한다고요?

엄청 맛있다고 생각하면서 먹어 봐요
당신의 뇌는
군침을 돌게
만들 거예요

당신이

생각하는 대로

당신의 뇌는

움직이는 법이니까요

하트

하트 하면
당신에겐 무엇이 떠오르나요?

하트 하면
보통 남녀의 사랑이 떠오르잖아요

난 두 눈이 떠올라요
사랑이
가득 담긴
두 눈 말이에요

하모니

당신의 하모니는 무엇인가요?

남과 조화를 이루는 것인가요?
나와 조화를 이루는 건 어떤가요?
엄청난 걸 발견할 거예요
나에게 집중하는
당신의 모습을 보게 될 거예요
엄청난 발견 아닌가요?

당신에게
언제 한 번
집중한 적 있나요?

나이스

나이스 하면 보통 기분 좋다는 뜻이잖아요
그것도
엄청이요

어떤 때 나이스 한가요?

나를 발견했을 때
엄청
나이스하지
않던가요?

참의미

당신에게 참의미란 무엇인가요?

진정한 의미 아닌가요?

진정한 의미란 무엇일까요?

진정한 자아를 찾아가는 건 아닐까요?

진정한 나 자신을 찾아가는 건 아닐까요?

자아

내 안에 또 다른 내가 살고 있어요

닮은 듯 다른 나 말이에요

짱인 듯 짱인 내 모습 말이에요

천사인 듯 악마인 내 모습 말이에요

처음이자 마지막인 내 모습 말이에요

처음 창조된 내 모습과
지금 살아가고 있는
마지막 내 모습 말이에요

타인

타인 하면
보통 남을 말하잖아요
나는 남일까요, 아닐까요?
타인처럼 살아온 내 모습이 보이네요

난 남이었네요

남으로 산다는 건

엄청 비극인 것 같아요

내가 남으로 산다는 건요
창조의 원리를 비껴가는 것 같아요
내 모습대로 살아가는 게
창조의 원리예요

나를 처음 창조한
그 모습
그대로 말이에요

처음이자 마지막이란

무엇이 처음이고
무엇이 마지막인가요?

난
당신이 처음이자
마지막이에요

창조의 원리가 그런 거예요

당신의
갈빗대로
날
빚으셨으니까요

상처

살아오면서 한 번쯤은
상처를 받아본 적 있죠?
엄청 아프지 않던가요?
다시는 만나고 싶지
않지 않던가요?
상처를 받으면 나에게는
다 그런 거예요

나에게는 그러면서
왜
다른 사람에게는
쉽게
상처를 주는 건가요

가시

엄청 큰 가시를 본 적 있나요?

남에게 상처를 주는
엄청 큰 가시 말이에요
당신에겐 작은 가시를 지녔나요,
엄청 큰 가시를 지녔나요?

작은 가시든
큰 가시든
다 뽑아버려야겠죠?

배려

배려란 무엇일까요?
흔히 양보하는 거라 하잖아요

난 그렇게 생각하지 않아요
나한테는 배려이지만
상대방에게는 배려가 아닐 때가
허다하게 많거든요
남에게는 상처를 주면서도
나는 배려했다고 말할 때가
허다하게 많거든요
진정한 배려란

상대방을
존중하는 거라
생각해요

참 괜찮은 사람

참 괜찮은 사람은
어떤 사람을 말하는 걸까요?
돈이 많아 명품으로
휘감은 사람을 말하는 걸까요,
나한테 온갖
비위를 맞추는 사람을 말하는 걸까요?

진짜 괜찮은 사람은

자신에게 충실한 사람이에요
남의 눈치 보지 않고
자신에게 충실한 사람 말이에요
나에게 충실하기는 진짜 어렵거든요

성공한 인생

성공한 인생은
어떤 인생일까요?
나에게 성공한 인생인 것 같아요
돈도 명예도 권세도
다 아닌 것 같아요
나를 정복하는 게
가장 어려운 것 같아요

당신은 어떤가요?

덤으로 얻은 인생

덤으로 얻은 인생은 어떤 인생을
말하는 걸까요?
죽음으로 갔다 극적으로 살아난 인생을
말하는 거 아닌가요?

당신은 그런 경험을 해본 적 없나요?
난 그런 경험이 몇 번 있어요
죽을뻔했죠
아주 어렸을 때 말이에요
덤으로 얻은 인생 그럼 어떻게 살아야 할까요?

덤으로 얻은 나의 것을

남과

나누며

살아야

할 것 같네요

다음 인생

다음 인생이
있기는 있는 건가요?
다음 세상이 당신에게
존재한다면 말이에요

당신에겐 다음 세상이
있긴 있는 건가요?
나에게는 엄청난
다음 세상이
날 기다리고 있어요

천국이라는 다음 세상 말이에요

동물

동물 하면
어떤 동물이 떠오르나요?
귀여운 동물이 떠오르나요,
굉장히 무서운 동물이 떠오르나요?
눈을 감고 이제, 나에게 다가오는
동물을 상상해 보세요

다음 세상인 천국의 모습이에요
굉장히 무서운 동물도
천국에서는
굉장히 귀여운 동물로
나에게 다가올 거예요

착각

엄청난 착각을 했네요
천국이라는 곳이 아무나
들어가는 줄 알았네요
우리는 죽으면 좋은 곳으로
다 가길 원하지만

낙타가
바늘구멍으로
들어가기보다
더 어려운 곳이에요
너무 쉽게
천국을
착각하면 안 되겠네요

멍청이

난 멍청이처럼 살았네요
나에게는 예수님이 없는 삶이었어요

다시는
멍청이 같은 삶을
살진 않을 거예요

똑똑이

난 엄청 똑똑이예요
모든 것을 가르쳐 주시는
예수님이 나에게 계시거든요
절대 부족함이 없어요

넘치는 지혜를
가지고 계시거든요
난 감당할 수 없어요

다시는

다시는
예수님을
잃어버리지
않을 거예요

나 전부를 잃어버리는 거니까요
당신에겐 무엇이 전부인가요?
튼튼한 몸인가요,
돈인가요,
명예 권세인가요?

당신의 전부를 잃는다는 건
나 전부를 잃어버리는 거니까요
나 전부를 그것들과 바꿀 생각인가요?
당신도 예수님이
당신의 전부가 되는 건 어떠신가요

고라니

고라니를 보신 적 있나요?
어떠신가요?
엄청 귀엽다고
생각하시나요,
엄청 낯설고
도통 정이 가지 않는다고
생각하시나요?

고라니에게
한번 집중해 보세요
엄청 낯설던 고라니가
당신에게
조금은 정겹게 다가올 거예요
예수님한테도
한번 집중해 보세요
나에게 다가오는

예수님이 보일 거예요

당신에게 낯설던 예수님이
정겨운 모습으로 말이에요

남이 된 너

한때는
친구였죠
나의 모든 것을
나눌 수 있었죠
나에게서 멀어져 간
그 친구는
영영 나에게서
그렇게 멀어져 갔죠
그 친구를 잃고
난 엄청
큰 슬픔에 빠졌죠
넌 나에게서
자유함까지
느끼는 것 같았죠
엄청 슬펐죠
당신에겐

예수님에 대한 마음이
이런 적은 없었나요?

단추

흔히들
첫 단추를
잘 끼워야 한다 하죠?
당신에게
첫 단추는 무엇인가요?
첫 직장인가요,
첫 월급인가요?

당신에겐
그런 것들이
그렇게도 중요한가요?
나 스스로에게
한 약속들은
없었나요?

그 첫

단추는

잘 끼웠나요?

실망

당신에겐
어떤 때
가장 큰
실망을 가졌나요?
주식에 투자했을 때
망했을 때인가요,
땅 투기를 했을 때
망했을 때인가요?

나한테

실망한 적은

없었나요?

자축

어떤 때
자축을
하던가요?
중요한 시험에서
합격했을 때
자축을 하던가요,
굉장히 어려운
승진을 했을 때
자축을 하던가요?
실천하기 어려운
나와의 약속에서
승리했을 때

자축을
해보는 건
어떤가요?

중증

당신은

어떤 때

중증이라고 하나요?

굉장히 위험한 병에

걸렸을 때를

말하지 않던가요

당신에겐

중증에

걸린 병이 없나요?

탐심

교만 병

엄청

튼튼하다고

자부하던

건강

다

중증이에요

탐심

탐심은

나를

죽이는 거예요

욕심은

끝도 없거든요

나눔도

끝이

없어요

나눔으로

이웃을

살릴 수도 있어요

이웃이

살아야

내가

사는 거예요

답안지

인생에
답안지가
있던가요?

답안지는
없는 거
같아요

고전에도
답을
엄청
찾으려고
노력했던 거
같아요

그러나
찾지
못했죠

답은
성경 안에
다 있어요

당신
인생에
나침반이
되어줄 거예요

도움

남한테
도움을
받았을 때

엄청
고마움을
느끼죠?

나를
도와주시고
계시는
예수님을

왜

당신은
믿지
않으시는
건가요

아주
세밀하게
도와주시는
당신의
예수님을요

동심

잠시
동심으로
돌아가 보세요

어렸을 땐
모든 것이
다 신기했죠?

난
떠다니는
구름도
신기했어요

떠다니는
구름 위에
걸어 다니는

상상도 했어요

담배 연기로
도넛을 만드는 것도
구름을 만드는 것도
다 신기했어요

천국은
이런
어린아이가

들어가는
곳이래요

조금만 천천히

당신은
조금만 천천히
달릴 순 없는 건가요?
난 체할 것만 같아요
남 눈치 보지 말아요
자기만의
페이스대로 움직여요

언제까지
남의 인생처럼
살 건가요?

닭

난
닭이
엄청 징그러워요

그런
닭이
맛있는
계란도 주고 치킨도 줘요
나에게 모든 것을 주네요
나의 예수님도

나에게
예수님의
전부를 주셨네요

잘못

잘못했어요
다음부턴 잘할게요라고
흔히들 말하잖아요
엄청 잘못했을 때도
그렇게 말할 수 있던가요?
아마 말하기 힘들 거예요
당신에게 염치라는 게
있다면 말이에요

당신은 예수님에게
엄청난 죄를 지었는데도
그렇게 말할 수 있던가요?
그렇게 말할 수 없는 나에게
괜찮다고 말씀하시는 분이
예수님이십니다

아주 먼 옛날

아주 먼 옛날
난 예수님과 함께 살았죠

그런 예수님과 함께

식사도 하고

함께 웃고

차도 함께 마셨죠

예수님을
다시 만난다고 생각하니
가슴이
벅차고 설레네요

왜 우니?

맘이 힘들어서 울었습니다
억울해서 울었습니다
답답해서 울었습니다
예수님한테 염치가 없어서
울었습니다

나한테

다 맡기라는

주님의 음성이 있었기에
난 울음을 멈출 수 있었습니다

넌

나의

소중한 딸이다

난

너의 아버지다라는

음성이 있었기에
나는 울음을 멈출 수 있었습니다

달콤한 인생

사탕처럼 달콤한 인생이 있을까요?
아마 그런 인생은 없을 거예요
당신도 나도 살아봐서 알잖아요
난 엄청 달콤한 인생을 살고 있어요

나의 인생을

지도해 주시는

예수님이 계시기에

얼마나 안전한지요

위험한 곳을

피할 수 있다는 게

얼마나 감사한지요

이 정도면 달콤한 인생 아닌가요?

함정

누가 함정을 파 놓은 것 같아요
혹시 당신은 아니겠죠?
당신을 엄청 믿었거든요
당신인 줄은 꿈에도 생각 못 했어요
언제 함정을 파 놓은 거죠?
당신의 틈을 이용해 파 놓은 것 같아요
틈을 당장 메우세요

그렇지 않으면

그 틈을 이용해

함정에 빠뜨려

죽게 만들 거예요

사단의 계략입니다

조심하세요

두 다리

두 다리를 잃은 사람이 있어요
엄청 불쌍한 사람이겠죠?
그러나 그 사람은 행복했어요
그 사람에게는 예수님이 계시거든요

나의

손발이

되어 주시는

예수님

말이에요

답답한 마음

당신은 언제 마음이
가장 답답한가요?
당장 끝내야 되는 걸
끝내지 못했을 때인가요,
조급할 때 답답한가요?
조금만 여유로워질 수 없나요?

나 때문에

다른 사람이

답답해한다면

미안하진

않으시겠어요?

멀쩡한 사람

어떤 사람이
멀쩡한 사람일까요?

남에게
피해를 주지 않는 사람일까요,
아니면
도움을 주는 사람일까요?
남과는 상관없는 것 같아요

나를 향해 제정신일 때
그게 멀쩡한 사람이에요

다시는 만나고 싶지 않은 사람

다시는
만나고 싶지 않은 사람이
어떤 사람일까요?

나를
못살게 구는 사람일까요,
나를
돌아버리게 하는 사람일까요?

다시는
만나고 싶지 않은 사람입니다

밥상

엄마가
맛있는 밥상을 차려주셨어요
진수성찬이었죠

다시는
그런 밥상
구경도
못하게 됐네요

추석 연휴가 되니
더욱 그리워지는 밥상이네요

기대고 싶은 사람

어떤 사람이 기대고 싶은 사람일까요?

어떤 판단도 하지 않는 사람이에요
나
그대로의 모습을 인정해 주는 거니까요

나 그대로를 인정해 주는데
어떤 사람이 기대고 싶지 않을까요?

통통 튀는 사람

엄청 튀는 사람 있죠?
가만히 있어도 엄청 튀는 사람 말이에요
통통 튀는 사람은 어떤 사람일까요?

내면에서
빛이
나는
사람이에요

그 빛이
나를
통통 튀게
만드는 거예요

개구쟁이

어린아이라고
다 개구쟁이가 아니더라구요
다 큰 성인도
개구쟁이가 많더라구요
나는 개구쟁이인가요?

천진난만하게
다른
사람에게
장난치고 싶은가요?

당신은
개구쟁이입니다

절대 손해 보지 않는 사람

참 얌체 같죠?
나한테는 후하면서
엄청 남한테는 야박한 사람 있죠?
당신한텐 어떤가요?

나한테는
후한 거 같은가요?
남들한테는
야박하면서
당신한테는
후하다고요?

절대 손해 보지 않는
사람입니다
명심하세요

별이 빛나는 밤에

유난히 아름답게
빛나는 별 하나가 있었어요
너무나 아름다웠죠
어떻게 그토록 작은 별이
엄청난 빛을 낼 수 있을까요?
당신의 모습입니다
좀 손해 볼 줄 아는 사람
겉과 속이 같은 사람
나한테 정직한 사람

당신은
유난히
빛나는
별입니다

안단테

안단테 기호를 아시는지요

느리게라는 악보 기호입니다
안단테의 기호를 무시하고
계속 엄청 빠르게 친다면
작곡가의 의도를
안다고 할 수 있을까요?
무시하는 건 아닐까요?

내 삶의 전부를
다 알고 계시는 주님이
좀 천천히 가라는데
계속 빨리 간다면
내 안에 계시는 주님을
무시하는 건 아닐까요?

강가에서

리차드 클레이더만의
강가에서라는 음악을
들어 보신 적 있나요?
엄청 잔잔하고 고요한 곡이에요
남녀노소 누구나 좋아할 것 같아요

나의 모습도
이러하길
소원해 봅니다

어떤 일에서든
고요하고
잔잔한
모습 말입니다

붉은 노을

붉은 노을이
참 아름답지 않으신가요?
내 안의 무엇인가가
폭발할 것만 같진 않으신가요?
모든 세포가
다 타들어갈 거 같진 않으신가요?
당신은 엄청난 감수성의
소유자입니다

난
예수님을
많이 닮았네요

나의

예수님은

엄청난

감수성의

소유자이십니다

강아지풀

코끝을 간지럽히는
강아지풀을 보신 적 있나요?
코끝이 간지러워
자꾸 재채기가 나신다고요?

이렇게
예수님은
나한테
장난치고
싶어하십니다

예수님은
장난꾸러기이십니다

뭉게구름

하얀 뭉게구름 하면
무엇이 떠오르나요?
난 입 안에서 살살 녹는
솜사탕이 생각나요
달콤한 솜사탕 말이에요
푹신한 방석이 떠올라요
아주 편한 방석 말이에요

나한텐
엄청
신기한 것들
뿐인데

천국은
얼마나
신기한 것들로

날
기나리고
있을까요?

떡볶이

참 이상하지 않나요?
보통 떡볶이 하면
빨간 고추장을 넣잖아요
감자탕도 이상하지 않나요?
감자 몇 알 넣고
감자탕이라고 하니 말이에요
논란도 있었다고 하네요
나한테는 다 진지하게
생각해 볼 만한 것들이네요

당신도
천천히
생각 한번
해보세요

모든 것이
다 신기하게
보일 거예요

고추장떡이라고
해야 되는데 말이에요

오렌지

엄청 신
오렌지를
먹어본 적
있나요?

맛을 아니 먹어보지 않아도
상상만으로도 입안에
침이 가득 고이지요?
엄청난 일이
상상 속에서 벌어졌죠?
좋은 상상만 하며
살아야겠네요

겉절이

도대체
왜
겉절이인가요?

나한테만 이상한가요?
당신한테는 아무렇지도 않은 건가요?
배추 전체를 소금으로 절이는 거잖아요
그런데 왜 겉절이냐구요

꿈의 날개

꿈의 날개라는 가곡을
들어보신 적 있나요?

잔잔한 호수가의
두 백조 이야기입니다
외로운 백조 한 마리에게
또 다른 백조 한 마리가 찾아옵니다
다 죽어가던 백조 한 마리가
다른 백조 한 마리와
힘차게 날아오릅니다
우리는 절대 혼자 살아갈 수 없습니다

누군가

당신에게

다가온다면

절대

외면하지 마세요

나와

힘차게 오를

파트너일 수

있습니다

초밥

초밥을
좋아하시는지요
생선초밥 말고
김초밥 말이에요

초밥 하면
왜
생선
초밥부터
생각날까요

김
초밥도
있는데
말이에요

퀀텀 리프

당신은
퀀텀 리프라는
뜻을 알고 계시나요?

한마디로 말하면
폭풍 성장을 말하는 거예요
엄청 느리게 성장하는 것 같지만
눈에 띄게 성장한 걸 말하죠
대나무의 퀀텀 리프처럼
당신과 나의 모습도 당연히
이러해야 되지 않을까 생각합니다

폭풍 성장까지는
못
할지언정
예수님 앞에

작은

성장이라도

보여드려야

하지 않을까요?

가을비

맑고
청아한 가을

가을을 알리는
가을비가 내리고 있었어요
쇼팽의 빗방울 전주곡이 떠오르네요
당신도 한번 감상해 보세요

당장
가을비
맞으며

빗방울처럼
춤을
추고
싶을 거예요

코코아

따뜻한 코코아
한잔 어떠세요?

겨울이면
더욱 생각나는
차 한잔입니다
코코아 하면
왜
김이 모락모락 나는
코코아가
먼저
생각날까요?

분명히 아이스 코코아도 있는데
말이에요

원기소

원기소라는
영양제를 아시나요?

엄청 어렸을 때
먹었던 영양제예요
씹어 먹던 영양제인데
엄청 맛있었어요
몸에 엄청 좋은 영양제가
엄청 맛있었으니 참 신기했어요

보통 몸에 좋은 약은
쓰다고 하잖아요
70 80년대는
지금처럼

엄청

맛있는

영양제가

없었거든요

매미 소리

더운 여름이면
시끄럽게 울어대는
매미 소리가 들리네요

돌아가실 무렵 여름
유난히 정신없이 매미가 울었네요
다음 여름이면 엄마랑 같이
들을 수 있는 매미 소리인 줄 알았는데

다음이란 말은 없네요
매미가 시끄럽게 울 때면
나도 우네요

흑백 텔레비전

엄청 어렸을 때
흑백 텔레비전이 있었어요
컬러 텔레비전이 나온다고 하니
엄청 설레고 기뻤어요
텔레비전 하나만으로도 이런데
엄청 좋은 게 나온다면
얼마나 기쁘고 좋겠어요?
진짜 좋은 게 무엇일까요?

당신에게
좋은 것은
무엇일까요?

나한텐
예수님만큼
좋은 건 없어요

마이웨이

길을 잘못 든 거 같아요
그것도 엄청 잘못 든 거 같아요
난생처음 가보는 길이었으니까요
나침반이라도 있었으면
좋았을뻔 했어요
나침반이라도 의지하면 좋잖아요
당신도 길을 잘못 들진 않았나요?

다시는
길을
잃어버릴
염려 없어요

길이요
진리요
생명이신

예수님께서

당신과

나와

함께

하시니까요

곤조

나한텐 곤조가 없나요?
엄청난 고집을 말하죠
당신한텐 곤조가 없나요?
다른 사람의 곤조는 보이면서
내 곤조는 보이지 않는다구요?
당신은 굉장한 곤조를 가졌군요
내 안의 들보는 보지 못하면서
남의 작은 티눈만 보인다면
곤조가 아니고 뭐겠습니까?
나를 다 내려놓고
다른 사람이 아닌
나를 들여다보세요

당신과
나의
곤조가
보일거예요

합격 통지서

합격 통지서를 받았을 때
기분은 어땠나요?
날아갈 거 같진 않았나요?
서프라이즈라도 하듯
비밀로 하진 않았나요?
세상 합격 통지서도 이렇게 기쁜데
나의 예수님한테 받는
합격 통지서는 얼마나 기쁠까요?

참
믿음 생활
잘했다고 받는
합격 통지서 말이에요

이 땅에서도

믿음 생활

잘해야 돼요

정말이에요

명심하세요

천하 만민

천하 만민 중에
나같이 행복한 사람이 있을까요?
돈이 많아서가 아니에요
천하를 다 가지신 분을
알고 있거든요
그분이 날 알고 있다는 데
말 다했죠?
모든 것을 다 가지신 분이
나에게 모든 것을 주신다고 하시네요

천하를

다

가지신

분이

나에게

말이에요

뚝배기 사랑

뚝배기 사랑이라고 아시는지요
요즘 같은 인스턴트 사랑 말고요
펄펄 끓었다 단숨에 꺼지는 사랑 말고요
잔잔하고 고요한 사랑 말이에요
굉장히 깊은 사랑 말이에요

예수님의
사랑이에요

데일 것 같은
뚝배기 사랑
말이에요

방사선

많이 무서우셨나 봐요
천부여 의지 없어서라는 찬송을
열 번 부르면 나올 수 있었대요
엄청 씩씩한 엄마였는데도
다시는 들어가고 싶지 않은 곳이래요

천국이라는
좋은 곳에서

날
기다리고
있겠죠?

엄마 사랑

바다보다 깊은 사랑
하늘보다 높은 사랑

엄마
사랑

뒷 모습

메마른 엄마의
뒷 모습이 보이네요
엄청 건강했던 엄마였는데
어쩌다 이렇게 메말라졌는지....
보면서도 믿겨지지 않은 현실이었어요

엄마의
뒷 모습을
볼 때면

나도
울 때가
떠오르네요

마이쮸

마이쮸를 아시는지요
새콤 달콤한 캔디류랍니다
어린아이들이 엄청 좋아하죠
울음을 멈추는 덴 그만이죠
참 엄마를 많이 닮지 않았나요?
그렇게 울다가도 엄마를 보면
울음을 멈추니까요

당장
마이쮸
하나
사 먹어야
할 거 같아요

울음이
멈춰지지
않으니까요

똥돼지

참

미련하지 않은가요?

똥을 먹고 산다니요

참

더럽죠?

교훈을 얻을만하지 않은가요?

서슴없이 더러운 것을 먹는 돼지처럼

나는

어떤

더러운 것을

주워 먹고 있는 건 아닌지

나를

들여다봐야겠죠?

이기적인 사람

똥돼지 같은 사람인 것 같아요
엄청 똥돼지처럼
더럽게 욕심이 많은 거 같아요
다 자기중심적이죠
전혀 다른 사람을 생각하지 않죠
항상 자기 편한 식이죠
남한테 함부로 하죠
전혀 배려라는 것은 없죠
어쩜 그렇게 자기만 알까요?
내가 하기 싫으면
남도 하기 싫은 법이에요

똥돼지처럼
이기적인 사람이
되어선 안되겠죠?

간사한 사람

간사한 사람이란
어떤 사람을 말하는 걸까요?

잠시 발톱을 감추고 있는 사람입니다
상황만 되면 언제든 발톱은 나오게 돼 있죠
찬스만 보고 있죠
진실이라곤 눈 씻고도 볼 수 없죠
똥돼지를 많이 닮지 않았나요?

돼지에게
진실이라는 것이
있을까요?

그것도
더러운
똥돼지에게
말이에요